SATIRES
NOUVELLES

*Du Sieur D******

A PARIS,

Chez CHARLES OSMONT, dans la Grand' Salle
du Palais, à l'Ecu de France.

M. DC. XCVIII.

AVEC PRIVILEGE DU ROY.

SATIRES

NOUVELLES

*Du Sieur D******

SATIRE I.

SUR L'ESCLAVAGE DES PASSIONS.

AGISTRATS, *Financiers, Alteſſes,*
Eminences,
Simphoniſtes, Guerriers, & donneurs
d'Ordonnances,
Tout Paris, en un mot, ſur un mal feint
ou vrai,
Accourt pour conſulter l'Oracle de Chaudrai :

A

SATIRE I.

Déja même , déja plus d'un vaste Chanoine
Se reprochant d'avoir moins d'embonpoint qu'un Moine ,
Monte en chaise de poste , & malade d'esprit
Ose quitter deux jours l'ouatte de son lit :
Mais qui met tant la presse au rustique Esculape ,
Auroit-il donc gueri quelque Neveu du Pape ?
Point du tout , ce qui rend Ozanne si vanté ,
C'est que ce criminel de leze-Faculté
Laissant de vingt mots grecs à Courtois l'étalage ,
Donne à chacun gratis sa recette sauvage.
Quoi , dans un siecle où tout par l'argent se conclut ,
Un Medecin Normand refuser son tribut !
Hé ! faut-il s'étonner si pour voir ce miracle ,
Un peuple de Badauts s'achemine à l'Oracle ?
Admirons bien plûtost qu'on ne s'y vienne offrir ,
Que pour guerir des maux que le corps fait souffrir.
Car enfin qui pourroit avec moins d'artifice
Traitter tant de mortels cangrenez d'avarice ?
A quoy bon de sa ratte accuser la douleur ,
Quand la soif des tresors tirannise le cœur?
Quoy , si-tost que d'un corps qui fait nôtre manie ,
La moindre émotion vient troubler l'harmonie !
On fait faire d'abord vingt consultations ,
Et quand l'ame livrée aux vives passions ,
Sent les redoublemens d'une fiévre amoureuse ,
Loin de fuir du plaisir l'amorce dangereuse ,
Loin de songer sur l'heure à se faire traitter ,
L'on attend que le cœur habile à s'infecter

SATIRE I.

Par un amas d'erreurs à qui la raison cede,
Ne laiſſe abſolument plus de jour au remede.
Helas! dans vos tranſports ſi tendres, ſi charmans
Vous ne ſoupçonniez pas, infortunez Amans,
Que bien-tôt le dégouſt uſant la joüiſſance,
Porteroit vos plaiſirs un jour à l'Audiance.
Et qui croiroit auſſi que le Dieu de l'Amour,
Ce Dieu ſous qui fléchit tout mortel tour à tour,
Fuſt, pour avoir ſoûmis une Beauté rebelle,
Evôqué d'un alcove aux bancs de la Tournelle.
L'erreur la plus commune où tombe l'homme vain,
C'eſt de vouloir toûjours ſe croire l'eſprit ſain.
On ne fait point tâter ſon pouls pour ſe défaire
D'un cœur boufi d'orgueil, d'envie ou de colere,
Et ſi l'ame ſentoit le poids de ſes travers,
Je me ferois guerir de la fureur des vers;
Mais l'amour propre enflant nos eſprits trop credules,
Paſſe un vernis flateur ſur tous nos ridicules;
Et voilà ce qui fait que le Juge Licas
Vient tout fier au Palais rapporter un repas,
Et croit en inventant des ragouts qui font boire,
Plus loin que d'Agueſſeau porter la belle gloire.
O que ſi cet Avare étoit bien pénétré,
Que ce treſor pour luy ſi ſaint & ſi ſacré
Dût étre un jour en proie à quelque Operatrice,
Qu'on le verroit bien-vîte abandonner ſon vice;
Mais à peine la mort a d'un coup de ſa faulx,
De l'Hercule uſurier arrêté les travaux,

SATIRE I.

Que son Fils dégagé d'une tutelle austere
Assemble son conseil sur la mort de son Pere,
Aussi-tôt d'accourir, Musiciens, Traitteurs,
Maquignons, Bijoutiers, Selliers, Peintres, Doreurs,
Lingeres au teint frais, Tapissieres, Brodeuses,
Et tout ce que Paris contient d'Appareilleuses.
Peuple, dit l'heritier à ma devotion,
Je la tiens à la fin cette succession,
Assez & trop longtemps un Pere trop sordide,
De vos rares talens méconnut le solide;
Mais moy qui veux vanger vos Arts & vos métiers,
Je vous prens aujourd'huy pour mes coheritiers.
C'à, Monsieur le Sellier, que deux Chars magnifiques
Dans peu sous mes Coursiers ébranlent les boutiques,
Et vous, mes chers amis, Triboulleau, d'Arboulin,
Faites couler chez moi vôtre vin le plus fin,
Chacun sent les effets de ses mains liberales,
On n'entend plus parler que de ses Bachanales;
Mais à force à la fin de donner des Cadeaux,
D'enrichir l'Opera de falbalas nouveaux,
Bien-tôt mon jeune fou dans l'ardeur qui le brûle,
D'un million comptant ne fait qu'une pilule;
Il ne lui reste enfin que le sterile honneur
D'avoir de maint époux sçû troubler le bonheur.
Amasse maintenant, industrieux Avare,
Fais garder à ton ventre un regime bizarre,
Pour donner à ton Fils promt à se divertir,
Le moien d'acheter souvent un repentir.

SATIRE I.

A ce compte-là donc l'avare eſt une dupe,
Et bien plus dupe encor celui qui ne s'occupe
Qu'à repaître ſon cœur de ſoins ambitieux ,
On eſt dupe toûjours dés qu'on eſt vicieux ,
En vain ſur une vie où tout plaiſir abonde ,
On croit ce Favori le plus content du monde ;
Au ſein des voluptés vainement tout lui rit ,
Son cœur impudique eſt un vaſe où tout s'aigrit.
Miniſtres devoüez à ſes erreurs lubriques ,
Servez-lui des Beautés Grecques, Aſiatiques ,
Qu'une table friande oppoſe à ſes dégouts
*Des Mets dont P * * * pourroit être jaloux ,*
Et qu'un doux ambigu de jeu de ſimphonie
Relaye aſſidûment ſa biZarre manie.
Lui ſeul il ne ſent point ſon prétendu bonheur ,
L'ennui met garniſon dans ce ſuperbe cœur.
Mortels, n'attendez pas que rien le réjoüiſſe ,
Tout prend, tout prend chez lui la teinture du vice ;
Il ſe plaît à changer de train, d'appartement ,
Toute ſa vie enfin n'eſt qu'un décampement ,
Ce n'eſt donc ni l'éclat d'une illuſtre naiſſance ,
Ni tout ce vain fracas que produit l'opulence ,
Qui peut mettre un mortel au comble de ſes vœux ,
La vertu ſeule a droit de rendre l'homme heureux ,
Mais parlé de vertu chez des gens de Gabelle ,
Gagne-t'on, diront-ils, vingt pour cent avec elle.
Son argent roule-t'il dans les nouveaux Partis ,
Ou bien ſur les vaiſſeaux du brave de Pointis ?

Faites à la Vertu rendre deux fols pour livre,
Cœur-de-fer apprendra dés demain à bien vivre,
Et vingt Croupiers fous lui dans ce fiécle tortu
Viendront tous à l'envy fous-fermer la Vertu:
Mais pour que la Vertu fût chez nous révérée,
Il faudroit que du fiécle elle prift la livrée,
Qu'en un falon pompeux elle fçut à l'écart
Du Lanfquenet perfide arborer l'étendart,
Que fous le joug badin de vingt modes nouvelles,
Sans cesse elle affervift nos volages cervelles;
Qu'aux Abbés, qu'au beau fexe elle offrift des fecrets
Pour conferver leur teint toûjours beau, toûjours frais,
Ou briguant une place à l'Opera vacante,
Qu'elle y mît en parti quelque beauté naiffante.
L'homme de paffions toûjours environné,
Au feul mot de vertu fent fon cœur mutiné,
Ce cœur tumultueux court d'entrave en entrave,
Et cherche à f'affranchir en fe rendant efclave;
Ainfi perdant repos, biens, renom, embonpoint,
L'Amant maudit fa chaîne, & ne la brife point,
Le Joüeur convaincu de fon penchant funefte,
S'abandonne fur l'heure au penchant qu'il detefte,
Tel Bigot fe retient fur le moindre coup d'œil,
Qui n'ofe fecoüer le joug de fon orgueil;
Et tel qui fait fonner fi haut fes gains frivoles,
Compte autant de remords qu'il compte de piftoles.
Parcourons, en un mot, tout ce vafte Univers,
Le monde eft un tiffu d'efclavage & de fers,

SATIRE I.

Tous les jours au miroir cette Beauté si fiere
Couche en joüé un esclave, esclave la premiere ;
Que de pastes, que d'eaux, & que d'ingrediens !
La Beauté gémit donc sous ses propres liens,
Mais lorsque Bordelon dans un fade volume
Débite tous les mois l'opium de sa plume,
Ou que Pradon cherchant la malediction,
Sur son Germanicus ente son Scipion,
Ne pense-t'on pas voir Promethée au Caucase,
Ou Vertron en travail d'une confuse emphase ?
Qui donc est l'homme libre, est-ce un jeune effaré
Qui craint de n'être point assés évaporé ?
Qui marquant tous ses jours par quelque extravagance,
Se fait de sa noblesse un Titre d'impudence.
Voiez-le dégouttant le tabac & le vin,
Sur chaque femme illustre épancher son venin,
Et promenant par tout les modes les plus sottes,
Donner à sa raison d'éternelles menotes.
Je soûtiens qu'à Thunis on rachete aujourd'huy
Des esclaves vingt fois moins esclaves que lui.
Mais quoy, la liberté, cette douce chimere,
N'est donc chez les humains qu'un nom imaginaire ?
Non, non, la liberté, ce don si précieux,
Ne fut jamais le lot d'un mortel vicieux ;
Chaque passion traîne avec soy l'esclavage,
L'homme libre, en un mot, l'homme heureux c'est le sage
Qui mesurant sa vie au compas du devoir,
Toûjours de sa raison reconnoît le pouvoir,

SATIRE I.

Qui ne s'entête point d'une vaine fumée,
Qui craint sa conscience & non sa renommée,
Qui perdant tous ses biens par le sort combattu,
Les retrouveroit tous dans sa seule vertu.
Que sert au plus grand Roi l'orgueil d'un Diademe,
S'il perd en l'acquerant, l'empire de soi-même.
J'aime à voir soûpirer le plus fier des Guerriers,
Du prix que lui coûtoient ses monceaux de lauriers;
Croiroit-on qu'Alexandre au fort de son audace,
Du chetif Diogene enviât la beface,
Et que ce Conquerant osât bien avoüer
Tout ce qu'il enduroit pour se faire loüer?
Quoi, pour d'un vain éloge être un jour la matiere,
Faire de l'Univers un vaste cimetiere,
Troubler à chaque instant sur l'espoir d'un faux bien,
Le repos d'un chacun sans procurer le sien,
Si ce n'est qu'à ce prix qu'on rend son nom celebre,
La gloire vend bien cher une Oraison Funebre,
Où l'Orateur venant pompeusement gemir,
N'empêche pas toûjours l'Auditeur de dormir.
Ce n'est pas que je veüille en dépit de l'Histoire,
Loüer le Quietisme en matiere de gloire;
Mais je ne puis souffrir ce Paradoxe vain,
Qu'un Heros doit mourir les armes à la main,
Ni tous ces lieux communs de fracas militaire
Dont jadis feu Cirus assommoit son Libraire.
Avant que *Cendrillon, Barbe bleuë, ou Riquet
Eût d'assoupir la Cour obtenu le Brevet.

* Contes
de Fées.

Je

SATIRE I.

Je le repete encor : La gloire des vrais Braves
Veut faire des Héros & non pas des esclaves,
Aprés un long tissu de glorieux travaux,
La gloire à ses élûs permet un doux repos ;
Mais pour bien savourer ce repos salutaire,
Il faut des passions tarir la source amére,
Des vulgaires erreurs detester le poison,
Et regner par le rang moins que par la raison.
C'est ainsi que LOUIS ce Heros redoutable
Entretient dans son cœur une paix veritable,
Et de ce calme heureux que la vertu produit,
Il fait à ses sujets recueillir tout le fruit.
Loin de se prévaloir du bonheur de ses armes,
Du bonheur de son Peuple il fait ses plus grands charmes.
C'est en vain que Vendôme appuiant sa valeur,
Chez l'Espagnol altier va porter la terreur :
Si LOUIS vient d'y faire éclater son Tonnerre,
C'étoit pour annoncer le repos à la Terre,
C'étoit pour couronner tant d'héroïques faits
Par l'établissement d'une solide Paix.
La voila cette Paix tant de fois desirée,
Qui nous promet des jours dignes du temps de Rhée ;
Déja l'Europe entiere oubliant tous ses maux,
Eléve jusqu'au Ciel la Paix & son Heros :
Mais tandis qu'en tous lieux on voit cesser la guerre,
Tâchons d'accommoder Pradon & le Parterre.

B

SATIRE II.

SUR L'ÉDUCATION DES ENFANS.

ERE qui veux former ton fils aux bonnes
            mœurs,
Vainement fais-tu choix des meilleurs Gou-
            verneurs,
Pour peu qu'en t'observant ce jeune Enfant contemple
Quelque vice éclatant qui lui prêche d'exemple
Les leçons des Pibracs , & celles des Catons
Ne balanceront point dans son cœur tes leçons,
Et l'on verra ce Fils dont tu fais tes délices,
L'heritier de tes biens & celui de tes vices.
Quand un Pere usurier compte matin & soir,
Son fils à peine éclos le suit dans son comptoir,
Et sur ses interests promt à ne rien rabattre,
S'accoûtume à prester un jour au Denier quatre;

B ij

SATIRE II.

Ainsi l'enfant qui voit un flot de Possedez
Au logis paternel établir les trois Dez,
Dés-qu'il peut copier tout ce qu'il a vû faire,
Son cornet est l'écho du cornet de son Pere,
Attend-t'on qu'une fille en âge d'imiter
Une Mere Professe en l'art de coqueter,
Aille par sa sagesse édifier la Ville,
Et rende des Galans la poursuite inutile ?
*On tireroit plûtost de B*** de Pradon*
Des Ouvrages marquez au vrai coin d'Apollon,
Et l'on pourroit plûtost déterminer le Pape
A faire un jour fester des Barreaux à la Trape.
Tel est pour les humains l'attrait des voluptez,
Toûjours vers la vertu l'on marche à pas comptez,
Au lieu que vers le vice une pente rapide.
Nous entraîne souvent sans le secours d'un guide.
Et que sera-ce donc lors qu'on a sous sa main
Un Pere qui du crime applanit le chemin,
Et qui par une vie où regne la crapule ,
Amortit chez les siens la honte & le scrupule ?
N'en doutons point , l'enfance est un âge suspect
Qui doit tenir un Pere à toute heure en respect ;
Le moindre jour ouvert contre la bien-séance ,
Peut devant les enfans tirer à conséquence ;
Leur naturel de cire ardent aux passions ,
Du vice en peu de temps prend les impressions,
Et dans la fleur de l'âge un fils rend d'ordinaire
Avec les interests tous les vices d'un Pere.

SATIRE II.

Aprés cela , Vieillard , fay le Predicateur ;
Vante-lui , mais trop tard , la vertu , la pudeur ,
Et tâche à reparer les fruits de ton scandale
Par tous les lieux communs que t'offre la Morale.
Mais que répondras-tu ? si ce fils tout brutal
Te dit : Je vous ai pris pour mon original ,
C'est de vous que je tiens qu'il faut comme en trophée
Aller à l'Opera m'asservir quelque Fée ;
C'est vous qui déja vieux m'avez , mon Pere , appris
A courir tous les Jeux qu'on défend à Paris ;
C'est enfin sur vos pas qu'au sortir des tavernes ,
Au Guet j'ai fait insulte , & brisé les lanternes.
Ah ! dés-qu'on veut aux siens prêcher de bonne foi ,
Qu'on ne leur donne point des armes contre soi :
Car vainement un Pere en Seneque raisonne ,
S'il ne suit le premier les préceptes qu'il donne ,
S'il n'ôte tout prétexte à son docile enfant
De se plaindre qu'il fait tout ce qu'il lui défend.
Hé quoi ! lors qu'on attend des Hostes d'importance ,
On fait tout nettoier au logis par avance ,
Et grace au Savoiard , chacun des Conviez
Rencontre à chaque pas des miroirs sous les pieds ,
Chaque meuble essuié d'une main délicate ,
N'offre aux yeux que l'ivoire , ou le bronze , ou l'Agate ,
Et par un bon visage encor plus de saison ,
L'Hoste fait les honneurs de sa belle maison.
Ah ! si pour tes amis c'est un lieu de délices ,
Pere , pour tes enfans purge-la de tous vices ,

Et tirant de leurs mœurs ton plus parfait éclat,
Soûtiens bien le present que tu fais à l'Etat ;
En vain de citoiens peuples-tu ta patrie ,
Si des plus saintes mœurs leur ame n'est nourrie ;
S'ils ne font leurs efforts en entrant au Barreau
Pour suivre, au moins de loin Bignon, ou d'Aguesseau,
Si dans le champ de Mars où l'honneur les appelle,
Le grand cœur de Conti ne leur sert de modéle,
Ou si pour arriver à toutes les vertus,
Ils n'ont pour tout objet Noaille ou le Camus.
Et qu'importe à l'Etat que ce Marquis bâtisse,
Si des vertus des siens négligeant l'édifice ,
A de nouveaux salons bornant tous ses projets,
Il fait de bons massons au lieu de bons sujets.
Quels sentimens encore inspire à la Jeunesse
Un franc voluptueux , qui perdu de molleße
Pourroit sur le grand Art d'ordonner un Cadeau,
Regenter Bergerat, Robert, Paien, Rousseau.
Son Palais infailllible est comme un Termometre,
Qui marque du plaisir les dégrez à la lettre,
Bien-tost sous ce Docteur un fils apprendra l'Art
de pousser un gigot jusqu'au bout du hazard,
Sur un vin partagé son nez levant tout doute,
Décidera s'il est de la premiere goutte,
Et sçaura dans des plats de bouquets embellis ,
Démêler tout d'un coup les lapins de Senlis.
Je le vois qui déja vante à toute la Table
D'une Perdrix d'Anjou le fumet délectable ,

Et qui d'un Cuisinier trop prodigue de sel,
Instruit, le verre en main, le procés criminel.
Veut-on qu'en un ragoust le concassé domine,
Sa poche officieuse enfante une cuisine;
Je le vois qui la porte au nez des Assistans.
Quel triomphe pour lui, que ses yeux sont contens !
Quand d'un Alloyau tendre élevé jusqu'aux nuës,
Il ne sçauroit donner les tranches trop menuës,
Et déja sur les flots de son jus succulent
Il fonde d'un plat d'œufs le régal excellent.
Qu'à jamais soit loüé l'honnête homme de Pere,
Qui dresse pour l'Etat un fils si necessaire;
Mais si par les plaisirs un enfant amorcé
Suit sans peine un chemin dés le berceau tracé,
Ecoutons maintenant comment un pere avare
Insinuë à son fils sa Morale bizarre.
Moi, j'irois, dira-t'il, porter en jeune fou,
En guise de cravatte une nappe à mon cou,
Et pour m'accommoder à la belle maniere,
La faire serpenter dans chaque boutonniere.
Dans un soulier étroit que D*** prisonnier
Etale un pié mignon de quartier en quartier,
Qu'André luy dégageant & la taille & les hanches,
Loge un second habit dans ses deux larges manches.
Pour moy qui veux toûjours m'habiller à profit,
Je ne veux en dix ans user qu'un seul habit,
Et sans m'assujettir aux caprices des modes,
Je laisse murmurer les censeurs incommodes.

Le mal est que percé de cent traits médisans,
L'Avare trouve encor de zélés Partisans.
On a beau se mocquer, la voix la plus commune
Est pour les forgerons d'une grosse fortune ;
Le plus crasseux Magot fécond en revenus,
Des Lucréces du temps va faire des Vénus ;
Déja sur le renom d'un coffre fort qui brille,
Chaque mere en secret le destine à sa fille.
Ah, ma fille ! dit-on, vois-tu cet homme-là ?
Il a cent mille écus, & même par delà ;
Il n'a que mots d'escompte ou d'octave à la bouche,
L'argent le seul argent est sa pierre de touche.
Tant mieux, il n'ira point de son bien le plus net
Enrichir d'un Joüeur l'élegant Cabinet,
Ni comme ce Notaire en moins de six semaines
Manger dix mille écus chez des Comediennes.
Voilà donc le vilain qui n'a plus qu'à choisir
S'il trouve une Moitié pour lui faite à plaisir,
Bien-tost des Harpagons renouvellant la race,
Il rend ses heritiers heritiers de sa crasse ;
Il leur montre comment les valets par ses soins,
Mangent le pain moisi pour en consumer moins,
Et par quels faux-fuians son adroite lezine
Sçait des ventres criards prolonger la famine.
Oüi, mon fils, dit l'Avare en ses instructions,
Sacrifie à l'argent toutes tes passions.
Grave bien dans ton cœur cette regle ancienne,
Le gain sent toûjours bon de quelque endroit qu'il vienne ;

Personne

SATIRE II.

Personne ne s'enquiert par quel affreux sçavoir
On a de si gros biens, mais il en faut avoir.
Et Dieu sçait si ce fils instruit de main de Maistre,
Aux dépens du Public va se faire connoître ;
Lui seul briguant l'entrée aux plus petits traitez ,
Va, Corsaire nouveau, piller de tous costez.
Ie vois ce Briarée , autrefois des plus minces,
Etendre ses cent bras sur toutes nos Provinces ,
Des leçons de son pere encore tout charmé,
Il forme ses enfans ainsi qu'on l'a formé :
C'est lui qui du moment qu'il voit briller l'Aurore,
Eveille par ces mots son fils qui ronfle encore.
Fui, mon fils , un repos des tresors ennemi ;
Leve-toy , Cœur de fer a-t'il jamais dormi ?
C'est lui qui dés quatre ans donne à ce fils qu'il aime ,
Les premiers élemens que l'on prend chez * Barrême,
Et lui montre à connoître au mouvement des doigts,
Les loüis écornez qui pechent par le poids :
Aux heures de plaisir pour galands intermedes ,
Il lui fait declamer l'Ordonnance des Aydes.
Qu'est-ce qu'un Ciceron, dit-il, qu'on vante tant ?
Son disciple Patru n'eut pas un sol comptant,
Par l'essor, il est vrai, d'une ame non commune ,
Despreaux & Racine ont forcé la fortune ,
Mais malgré de LOUIS les superbes bienfaits,
Ce sont des malheureux devant un E****.
Mais, dis-moy, pere affreux, quel est ton vain caprice
D'allumer en ton fils le feu de l'avarice ?

* Fameux Maître d'Arithmetique.

C

SATIRE II.

Ton Eleve bien-toſt ſans honneur & ſans foi
Ira dans la carriere encor plus loin que toi ;
Tu pourras même un jour ſentir quelque étincelle
De ce feu dont tu fus la méche criminelle ,
Peut-eſtre en cet inſtant le Devin conſulté
Lui promet de ta mort le moment ſouhaitté ,
Et déja dans ton coffre armé de cent ſerrures ,
Lui fait à pleines mains recüeillir tes uſures.
Ah ! ce ne ſont point là les ſentimens pieux
Qu'à leurs tendres enfans inſpiroient nos Aïeux ,
On ne connoiſſoit point alors d'autre heritage
Que l'honneur revêtu d'une peau de ſauvage ;
Les plus âpres vertus faiſant tous les treſors ,
On n'alloit point courir l'inventaire des morts ,
On ne voyoit point là cent Beautez curieuſes ,
Percer pour arriver des flots de Revendeuſes ,
Et la fameuſe Urgande aux airs ſi déhanchez ,
N'eſtoit point à l'affuſt encor des bons marchez ;
Mais le monde en perdant ſa premiere innocence ,
Comme un monſtre odieux regarda l'indigence ,
Dés-lors courant les mers , l'Avare plein d'ennui
Ne mit plus qu'une planche entre la mort & lui.
Le Courtiſan ſuccé par une longue guerre ,
Vendit ſon ſang illuſtre aux faquins de la Terre ,
Et le Cloître en dépit du vœu de Pauvreté ,
Pour faire honneur à Dieu voulut eſtre renté ,
Bien-toſt pour ſoûtenir une folle dépenſe ,
Il fallut immoler pudeur & conſcience.

SATIRE II.

Le Juge violant tous les droits de Themis,
Connut pour toute loi la loi de ses Amis :
Et par des gains suspects renforça ses épices.
L'Abbé prit sans fremir jusqu'à dix Benefices,
Et plus d'une Lucrece en un siecle usurier,
Eût soin de dégraisser maint épais Doüannier.
Que de vices sortis de l'amour des richesses,
Oüi, funeste penchant, source de nos bassesses,
C'est toi qui fait mourir un Avare de faim
Pour de petits morceaux d'argent, d'or, ou d'airain.
Qui croiroit que du Roi de si foibles copies
Recûssent tous les jours nos hommages impies,
Dans le temps que LOUIS ce Heros sans égal
Ne nous refuse rien que l'exemple du mal.
Ah, si tous les sujets ressembloient à leur Prince,
Fortune, Dieu du temps, ton culte seroit mince !
Mais nôtre ame hidropique insatiable d'or,
Veut entasser tresor sans cesse sur tresor.

F I N.

EXTRAIT DU PRIVILEGE DU ROY.

PAr Lettres Patentes du Roy, données à Paris le septié-
me Janvier 1698. Signées, Par le Roy en son Conseil,
BOUCHER: Il est permis au Sieur D***** de faire
imprimer, vendre & debiter par tel Imprimeur-Libraire
qu'il voudra choisir, toutes ses Oeuvres, avec les nouvelles
Pieces qu'il y veut ajoûter, pendant le temps & espace de
huit années entieres & consécutives: Avec défenses à tous
Imprimeurs, Libraires, & autres personnes d'imprimer ledit
Livre, ensemble ou séparément pendant ledit temps, sous
les peines portées par lesdites Lettres de Privilege.

Registré sur le Livre de la Communauté des Imprimeurs &
Libraires de Paris le 21. Janvier 1698.
Signé, P. AUBOUYN, *Syndic.*

Ledit Sieur D***** a cedé son droit de Privilege à
Charles Osmont Marchand Libraire à Paris.

9 782013 578165